Entre Scène et Palais de Justice : Une Histoire Romantique

Chapitre 1 : Rencontre au Café des Artistes

Dans un quartier animé du Marais, au cœur de Paris, se trouvait le bureau de Claire Lefebvre. L'élégance discrète de son cabinet reflétait parfaitement sa personnalité : professionnelle, soignée et sans fioritures inutiles. Des étagères remplies de dossiers soigneusement classés, une grande table en bois massif, et quelques plantes vertes pour ajouter une touche de vie à cet espace de travail rigoureusement ordonné. La lumière naturelle inondait la pièce à travers de grandes fenêtres, créant une atmosphère chaleureuse et accueillante malgré la rigueur du lieu.

Claire, une avocate indépendante de trente-cinq ans, était connue pour son intelligence acérée et sa détermination inébranlable. Diplômée de l'une des plus prestigieuses universités de droit de France, elle avait gravi les échelons à force de travail acharné et de persévérance. Son engagement envers la justice et son désir de défendre les plus vulnérables l'avaient amenée à ouvrir son propre cabinet, loin des grandes firmes où elle aurait pu gagner des sommes astronomiques.

Chaque matin, Claire commençait sa journée par une routine bien établie : un café noir sans sucre, une revue rapide des journaux pour se tenir informée des dernières nouvelles juridiques et économiques, et une méditation de dix minutes pour se préparer mentalement aux défis de la journée. Elle portait des tailleurs sobres mais élégants, ses cheveux blonds toujours parfaitement coiffés en un chignon strict. Son apparence impeccable reflétait son sérieux et sa rigueur professionnelle.

Ce matin-là, Claire travaillait sur un dossier particulièrement ardu. Son client, une petite entreprise familiale, était accusé à tort de fraude fiscale. Plongée dans les documents, elle ne laissait rien au hasard, passant en revue chaque détail, chaque chiffre, pour trouver l'élément qui ferait basculer le procès en leur faveur. Sa concentration était totale, son esprit brillant analysant toutes les possibilités. Les piles de dossiers et de notes s'accumulent sur son bureau, mais elle s'y retrouve parfaitement.

Sa secrétaire, Sophie, une jeune femme dynamique et efficace, entra discrètement dans le bureau pour lui apporter un nouveau dossier. « Claire, voici les documents que vous attendiez pour l'affaire Duval. Voulez-vous que je prépare également les notes de la réunion de cet après-midi ? »

Claire leva les yeux de ses papiers et offrit à Sophie un sourire reconnaissant. « Merci, Sophie. Oui, prépare les notes, et n'oublie pas de contacter le témoin clé pour confirmer sa présence au tribunal demain. »

Sophie acquiesça et sortit, laissant Claire replonger dans son travail. Les heures passèrent, entrecoupées de coups de téléphone, de réunions et de consultations avec ses clients. La passion de Claire pour son métier était palpable, mais elle commençait à ressentir une certaine lassitude. Les sacrifices personnels qu'elle faisait pour sa carrière commençaient à peser sur elle. Elle avait peu de temps pour elle-même, pour ses amis, et encore moins pour l'amour.

À quelques rues de là, dans un modeste mais charmant théâtre niché au cœur du Marais, Antoine Lambert se préparait pour la répétition de Cyrano de Bergerac. À vingt-neuf ans, Antoine avait le charme des artistes passionnés : des cheveux bruns bouclés, des yeux verts brillants d'intelligence et une énergie débordante. Il vivait pour le théâtre, où il trouvait une liberté et une joie qu'il n'avait jamais connues ailleurs.

Le théâtre était son refuge, un lieu où il pouvait se perdre dans des rôles, explorer des émotions et toucher le cœur du public. Mais malgré son talent indéniable, Antoine n'avait pas encore trouvé la reconnaissance qu'il méritait. Les critiques étaient élogieuses, mais les opportunités restaient rares. Ce soir-là, il jouait Cyrano, un rôle qui lui tenait particulièrement à cœur.

Antoine est arrivé tôt pour les répétitions. Il aimait se perdre dans l'ambiance du théâtre avant l'arrivée des autres acteurs. Le vieux bâtiment avait une âme, une histoire qui résonnait à travers chaque planche de la scène, chaque rideau usé par le temps. Antoine se promena dans les coulisses, touchant les costumes, respirant l'odeur des vieilles boiseries et du maquillage.

Il s'arrêta devant un grand miroir dans la loge, contemplant son reflet. Le costume de Cyrano lui allait à merveille, la cape drapée sur ses épaules et le chapeau à plume lui donnant un air noble et poétique. Il répéta quelques répliques devant le miroir, ajustant son intonation et ses gestes pour capturer l'essence du personnage.

Les autres membres de la troupe arrivèrent peu à peu. Il y avait Marc, le metteur en scène rigoureux mais bienveillant, Sophie, la talentueuse actrice qui jouait Roxane, et Paul, l'assistant toujours prêt à aider. La troupe était comme une famille pour Antoine, chacun apportant sa propre énergie et son talent à la création collective.

Pendant les répétitions, Antoine se donnait à fond. Il connaissait chaque réplique, chaque mouvement par cœur, mais il cherchait toujours à perfectionner son interprétation. Pour lui, chaque représentation était une nouvelle chance de se surpasser, de toucher le public d'une manière unique. Marc dirigeait les répétitions avec précision, corrigeant les moindres erreurs et encourageant les acteurs à explorer de nouvelles dimensions de leurs personnages.

« Antoine, essaye de mettre plus d'émotion dans cette scène, » suggéra Marc. « Cyrano est déchiré entre son amour pour Roxane et son amitié pour Christian. Fais ressentir cette tension. »

Antoine hocha la tête et reprit la scène, mettant tout son cœur dans ses répliques. La passion et l'intensité qu'il apportait à son rôle captivait tout le monde, et même Marc, pourtant exigeant, ne put s'empêcher d'applaudir à la fin de la scène.

Fatiguée après une journée harassante de plaidoiries, Claire décida de faire un détour par le théâtre en rentrant chez elle. Elle aimait le théâtre mais n'y allait presque jamais, faute de temps. Ce soir-là, une affiche colorée attira son attention : Cyrano de Bergerac, joué par une troupe locale. Intriguée, elle achète un billet et entre.

La salle était petite, intime. Les sièges étaient presque tous occupés par des habitués, des passionnés de théâtre qui connaissaient chaque acteur et chaque pièce par cœur. Claire s'installa discrètement au fond, son regard parcourant les lieux avec curiosité. Les murs étaient ornés de photographies de productions passées, chaque image racontant une histoire, chaque sourire immortalisé rappelant la magie du théâtre.

Les lumières s'éteignirent et la pièce commença. Dès les premières répliques, elle fut transportée. Antoine, dans le rôle de Cyrano, éblouissait par son énergie et sa sensibilité. Claire sentit quelque chose bouger en elle, quelque chose qu'elle n'avait pas ressenti depuis longtemps. Les dialogues puissants de Cyrano, les mouvements gracieux et passionnés d'Antoine sur scène, tout contribue à créer une expérience théâtrale inoubliable.

Claire, généralement si maîtresse de ses émotions, se retrouva émue aux larmes. Les scènes se succédaient, chaque acte révélant de nouvelles facettes du talent d'Antoine. Elle était fascinée par sa capacité à incarner son personnage avec une telle intensité, à exprimer des émotions complexes avec une aisance déconcertante. À la fin de la représentation, elle se leva et applaudit avec ferveur. Antoine, essoufflé mais heureux, salua le public. Leurs regards se croisèrent un bref instant, mais il sembla éternel pour Claire.

Après la représentation, Claire resta quelques instants dans la salle vide, absorbant l'énergie de la soirée. Elle repensa à chaque scène, à chaque émotion ressentie. Pour la première fois depuis longtemps, elle se sentit vivante, comme si quelque chose en elle s'était réveillé.

Sur le chemin du retour, ses pensées étaient tournées vers Antoine. Il était plus qu'un simple acteur pour elle. Il incarnait une passion, une intensité de vie qu'elle aspirait à retrouver. Claire réalisa que sa vie, bien que remplie de succès professionnels, manquait de cette étincelle, de cette magie qu'Antoine apportait par son art.

Chapitre 2 : Exploration à Londres

Le soleil était bas dans le ciel, jetant une lueur dorée sur les pavés du Marais. Claire, encore émue par la performance théâtrale de la veille, se rendit au Café des Artistes pour rencontrer un client potentiel. Le café, un lieu pittoresque avec des murs ornés de peintures et de photos d'artistes célèbres, était un endroit apprécié des intellectuels et des créatifs du quartier.

En entrant, Claire sentit immédiatement l'odeur réconfortante du café fraîchement moulu et des croissants chauds. Elle choisit une table près de la fenêtre, d'où elle pouvait observer les passants tout en jetant un coup d'œil à ses dossiers. Le café était animé, mais pas trop bruyant, l'ambiance idéale pour une réunion de travail.

Après avoir passé sa commande, Claire s'installa et ouvrit son dossier. Son client, un jeune entrepreneur du quartier, était en retard. Elle se plongea dans ses notes, relisant les points clés de leur future discussion. Mais son esprit vagabondait, retournant sans cesse à la représentation de la veille et à l'acteur captivant qui avait interprété Cyrano.

Soudain, une voix familière interrompit ses pensées. « Alors, qu'en penses-tu de cette nouvelle pièce, Damien ? » Claire leva les yeux et vit Antoine, assis à une table voisine, en pleine discussion avec un homme qu'elle ne connaissait pas. Elle se redressa légèrement, tentant de ne pas paraître trop intéressée.

Antoine parlait avec passion, ses mains gesticulant pour souligner ses propos. « Cette pièce est un véritable défi, mais c'est exactement ce dont j'ai besoin pour me pousser encore plus loin. Le rôle est complexe, riche en émotions. »

Damien, un homme à l'air sérieux, hocha la tête. « Je suis sûr que tu seras parfait. Tu mets toujours tant de cœur dans tes rôles. »

Claire, captivée malgré elle par la conversation, sentit son cœur battre un peu plus vite. Elle se reprit rapidement, se concentrant à nouveau sur ses notes. Mais elle ne pouvait s'empêcher de tendre l'oreille.

Alors qu'elle était absorbée par ses pensées, un bruit de chaise tirée près d'elle la fit sursauter.

Antoine, ayant remarqué Claire, s'approchait de sa table avec un sourire chaleureux. « Bonjour, » dit-il. « Je vous ai vue à notre représentation hier soir. Je suis Antoine Lambert, l'acteur qui jouait Cyrano. »

Claire, légèrement surprise mais ravie, se leva pour serrer sa main. « Enchantée, Antoine. Je suis Claire Lefebvre. Votre performance était absolument remarquable. J'ai rarement été aussi émue par une pièce de théâtre. »

Antoine s'assit avec une aisance naturelle. « Merci beaucoup. C'est toujours un plaisir de rencontrer des spectateurs qui apprécient notre travail. Qu'est-ce qui vous a amenée à notre petite pièce de théâtre ? »

Claire sourit, un peu gênée. « J'avais besoin de me changer les idées après une longue journée de travail. Et votre affiche a attiré mon attention. Je ne regrette pas une seconde d'être entrée. »

Ils continuèrent à discuter, partageant leurs passions et leurs expériences. Antoine parla de son amour pour le théâtre, des défis qu'il rencontrait en tant que jeune acteur, et de ses rêves pour l'avenir. Claire, à son tour, parla de son travail d'avocate, de son désir de justice et des sacrifices qu'elle avait faits pour réussir.

Leur conversation fut interrompue par l'arrivée du client de Claire, mais pas avant qu'ils n'aient échangé leurs numéros de téléphone, promettant de se revoir bientôt. Claire continue sa journée avec une énergie renouvelée, ses pensées souvent tournées vers Antoine et leur rencontre fortuite.

Quelques jours plus tard, Antoine prit son courage à deux mains et invita Claire à dîner. Ils se retrouvèrent dans un petit bistrot cosy, caché dans une ruelle tranquille du Marais. Le bistrot, avec ses murs en briques apparentes et ses bougies sur les tables, créait une atmosphère intime et chaleureuse.

Claire arriva légèrement en avance, admirant la décoration rustique du lieu. Elle choisit une table près de la cheminée, où un feu crépitait doucement.
Antoine la rejoint peu après, un bouquet de fleurs à la main.

« Pour toi, » dit-il en lui tendant les fleurs avec un sourire. « J'espère que tu aimes les roses. »

Claire, touchée par son geste, prit les fleurs. « Elles sont magnifiques, merci. »

Ils s'assirent et commandèrent du vin et les plats du jour. La conversation vint naturellement, fluide et agréable. Antoine parla de ses débuts dans le théâtre, de ses premiers rôles et des leçons qu'il avait apprises. Claire, fascinée, écoutait avec attention, partageant à son tour des anecdotes de ses premiers pas dans le monde du droit.

« Le théâtre est comme une seconde peau pour moi, » confie Antoine en jouant avec son verre de vin. « Chaque rôle me permet de découvrir une nouvelle facette de moi-même. Et toi, pourquoi as-tu choisi le droit ? »

Claire sourit doucement. « Je voulais aider les gens, défendre ceux qui n'ont pas de voix. Le droit m'a donné ce pouvoir. »

Leur conversation se poursuivit tard dans la nuit. Ils découvrirent des points communs insoupçonnés, des rêves partagés et des valeurs similaires. À la fin de la soirée, Antoine accompagna Claire jusqu'à sa porte, où ils échangèrent un baiser tendre et promirent de se revoir bientôt.

Les semaines passèrent, et leurs rencontres se multiplièrent. Ils se retrouvaient après les répétitions, autour d'un café ou d'un dîner improvisé. Claire assistait à toutes les représentations d'Antoine, tandis que lui s'intéressait de plus en plus à son travail d'avocate. Ils se soutenaient mutuellement, partageant leurs réussites et leurs doutes.

Un soir, après une représentation particulièrement émouvante de Hamlet, Antoine emmena Claire sur la scène vide du théâtre. Sous les étoiles qui brillaient à travers le toit en verre, il lui avoua ses sentiments.

« Claire, tu es entrée dans ma vie comme une bouffée d'air frais. Je ne peux plus imaginer ma vie sans toi. » Il prit ses mains dans les siennes. « Je t'aime. »

Claire, émue, répondit par un sourire et un baiser tendre. « Moi aussi, Antoine. Je t'aime. »

Alors que leur relation s'épanouissait, Claire faisait face à un nouveau défi professionnel. Son cabinet avait pris en charge un dossier particulièrement compliqué impliquant une grande entreprise accusée de pratiques douteuses. Les enjeux étaient élevés, et Claire se retrouvait sous une immense pression.

Les nuits étaient courtes et les jours longs. Claire passait des heures interminables à analyser des documents, à préparer des stratégies.

Malgré cela, elle trouvait toujours du temps pour Antoine, même si cela signifiait sacrifier son sommeil.

De son côté, Antoine luttait pour obtenir des rôles plus importants. Malgré ses talents, il se heurtait à une compétition féroce et à des opportunités limitées. Son rival, Damien, un acteur moins talentueux mais bien plus sournois, commençait à semer des rumeurs pour ternir la réputation d'Antoine.

Un soir, après une journée particulièrement difficile, Claire retrouva Antoine au café où ils s'étaient rencontrés pour la première fois. Il la prit dans ses bras, sentant sa fatigue et son stress. « Ne t'inquiète pas, Claire. Nous surmonterons tout cela ensemble. »

Claire sourit faiblement, reconnaissante de son soutien. « Merci

Antoine. Tu es mon roc. »

Les semaines suivantes furent marquées par une série de moments volés, de petites escapades et de rendez-vous improvisés. Claire et Antoine apprirent à profiter de chaque instant ensemble, malgré les défis et les pressions de leurs vies respectives.

Un samedi après-midi, Antoine surprend Claire avec une visite au Musée d'Orsay. Elle avait mentionné en passant qu'elle adorait les impressionnistes, et Antoine avait soigneusement noté cette information. Ils passèrent des heures à déambuler parmi les chefs-d'œuvre, commentant les coups de pinceau et les jeux de lumière.

« Regarde, » dit Claire en s'arrêtant devant une toile de Monet. « La manière dont il capture la lumière est simplement fascinante. C'est comme si on pouvait sentir la chaleur du soleil sur notre peau. »

Antoine, tenant sa main, hocha la tête. « C'est incroyable, n'est-ce pas ? Le talent qu'il faut pour capturer un moment éphémère et le rendre éternel. »

Ils terminèrent la journée par un dîner au restaurant du musée, discutant des œuvres qu'ils avaient vues et de leurs propres ambitions artistiques et professionnelles.

Alors que leur relation se renforçait, la pression extérieure continuait de monter. Le dossier de Claire devenait de plus en plus complexe, avec des preuves accablantes et des témoins réticents. Elle passait des nuits blanches à préparer des arguments, à rédiger des mémos et à consulter des collègues.

Antoine, quant à lui, se battait pour décrocher un rôle majeur dans une nouvelle production. Les auditions étaient stressantes, et chaque rejet était un coup dur à son moral. Il commençait à douter de lui-même, malgré les encouragements constants de Claire.

Un soir, après une journée particulièrement éprouvante pour tous les deux, ils se retrouvèrent dans l'appartement de Claire. Elle avait commandé des sushis, trop fatiguée pour cuisiner, et ils s'assirent sur le canapé, les plats posés sur la table basse.

« Je ne sais pas combien de temps encore je peux tenir comme ça, » soupira Claire en prenant une bouchée de son maki. « La pression est insoutenable. »

Antoine posa sa main sur la sienne. «
Nous trouverons une solution, Claire. Nous avons déjà traversé tant de choses ensemble. »

Ils mangèrent en silence pendant un moment, savourant la simple compagnie de l'autre. Finalement, Claire posa ses baguettes et se tourna vers Antoine. « Tu sais, peu importe ce qui se passe au travail, tant que je t'ai, je me sens capable de tout affronter. »

Antoine sourit, son cœur se réchauffant à ses paroles. « Moi aussi, Claire. »

Antoine décide de soutenir Claire de toutes les manières possibles. Il commença à lui préparer des repas nutritifs pour qu'elle n'ait pas à se soucier de cuisiner après de longues journées de travail. Il lui massait les épaules fatiguées le soir et l'encourageait à prendre des pauses régulières pour ne pas s'épuiser.

De son côté, Claire assiste à toutes les auditions d'Antoine, même si cela signifiait sacrifier son propre sommeil. Elle lui donnait des conseils, l'aidait à répéter ses répliques et lui rappelait constamment combien il était talentueux.

Leur soutien mutuel devint un pilier essentiel de leur relation. Ils se rendaient compte que, malgré les obstacles, ils étaient plus forts ensemble. Leur amour grandit chaque jour, alimenté par leurs sacrifices et leurs efforts pour l'autre.

La situation se compliqua davantage lorsque Damien, le rival d'Antoine, intensifie ses efforts pour saboter la carrière de ce dernier. Il répandait des rumeurs malveillantes et utilisait des moyens sournois pour saper la crédibilité d'Antoine dans le milieu du théâtre.

Un soir, Antoine rentre chez Claire, visiblement perturbé. « Damien a encore frappé, » dit-il en se laissant tomber sur le canapé. « Il a dit aux producteurs de la nouvelle pièce que je suis ingérable et peu fiable. »

Claire serra les poings, furieuse. « Ce type est un poison. Nous devons trouver un moyen de le neutraliser. »

Elle commença à enquêter sur Damien, utilisant ses compétences d'avocate pour rassembler des informations. Elle découvrit rapidement des éléments compromettants : des contrats douteux, des plaintes pour harcèlement et des pratiques financières illégales.

Claire et Antoine décidèrent qu'il était temps de confronter Damien. Ils élaborèrent un plan méticuleux, utilisant les preuves accumulées pour le faire tomber. Un soir, après une représentation particulièrement tendue, ils se rendent chez Damien.

« Nous savons tout, Damien, » déclara Claire en entrant dans son bureau. « Tes manipulations, tes mensonges, tes pratiques illégales. »

Damien, pris de court, tenta de nier. « Vous n'avez aucune preuve ! »

Antoine, le regard fixé sur lui, sortit une pile de documents de son sac. « Oh, mais nous en avons. Des preuves solides et accablantes. Et si tu ne cesses pas immédiatement tes manigances, nous les rendrons publiques. »

Damien, voyant qu'il était piégé, se résigna. « Très bien, vous avez gagné. Je ne veux pas de scandale. »

Avec Damien neutralisé, Antoine put se concentrer à nouveau sur sa carrière. Il décrocha finalement le rôle principal dans une grande production, un rêve devenu réalité. Claire, quant à elle, remporta son procès avec brio, prouvant une fois de plus son talent et sa détermination.

Leur relation, renforcée par les épreuves traversées, devint encore plus solide. Ils apprirent à savourer chaque victoire, petite ou grande, et à se soutenir mutuellement dans les moments difficiles.

Un soir, alors qu'ils regardaient les étoiles depuis le balcon de l'appartement de Claire, Antoine prit la main de Claire dans la sienne. « Nous avons traversé tant de choses ensemble, » dit-il doucement. « Et je suis prêt à affronter tout ce que l'avenir nous réserve, tant que tu es à mes côtés. »

Claire, les yeux brillants de larmes de bonheur, hocha la tête. « Moi aussi, Antoine. Ensemble, nous sommes invincibles. »

Cette nouvelle rencontre marqua le début d'une belle histoire d'amour, faite de défis, de soutien mutuel et de triomphes partagés. Claire et Antoine avaient trouvé en l'autre non seulement un partenaire de vie, mais aussi un allié indéfectible, prêt à affronter le monde à leurs côtés.

chapitre 3 : Entre Carrières et Compromis

Après leur confrontation réussie avec Damien, Claire et Antoine retrouvèrent un semblant de paix et de normalité dans leurs vies. Ils avaient désormais plus de temps pour se consacrer à leur relation naissante, et chaque moment passé ensemble semblait renforcer leurs liens.

Claire continuait de jongler avec ses dossiers complexes, mais elle trouvait du réconfort dans les petites attentions d'Antoine. Il lui préparait des petits déjeuners avant qu'elle ne parte au travail, l'accompagnait souvent pour des promenades matinales dans le parc voisin et la surprenait avec des bouquets de fleurs ou des messages doux laissés sur son bureau.

Antoine, de son côté, se consacrait pleinement à son nouveau rôle principal. Les répétitions étaient intenses, mais il se sentait soutenu et inspiré par Claire. Ils partageaient leurs journées, se racontant leurs petites victoires et leurs défis, trouvant un équilibre entre leurs vies professionnelles et personnelles.

Un week-end, Antoine proposa à Claire de s'évader à la campagne pour se reposer et se ressourcer. Ils louèrent une petite maison en pierre dans un village pittoresque, entourée de champs de lavande et de collines verdoyantes.

Leur arrivée fut marquée par un soleil radieux et un ciel bleu sans nuage. Claire et Antoine passèrent l'après-midi à explorer les environs, main dans la main. Ils visitèrent des marchés locaux, dégustèrent des fromages et des vins régionaux, et se promenèrent dans les ruelles pavées du village, émerveillés par la beauté et la tranquillité des lieux.

Le soir venu, ils préparèrent un dîner ensemble dans la petite cuisine rustique de la maison. Antoine, qui avait un talent caché pour la cuisine, prépara un plat de pâtes fraîches aux truffes, tandis que Claire préparait une salade colorée avec des ingrédients frais du marché.

Après le dîner, ils s'installèrent sur la terrasse, sous un ciel étoilé, avec une bouteille de vin rouge. Ils parlèrent de leurs rêves pour l'avenir, de leurs espoirs et de leurs peurs. Antoine évoqua son désir de fonder une compagnie de théâtre, tandis que Claire parle de son ambition de devenir associée dans son cabinet d'avocats.

De retour à Paris, Claire fut rapidement replongée dans la réalité de son travail. Son cabinet venait de se voir confier un dossier particulièrement complexe et médiatisé, impliquant une multinationale accusée de corruption. La pression était immense, et Claire savait que cette affaire pourrait être déterminante pour sa carrière.

Les jours devinrent des marathons de réunions, de préparations de dossiers et de recherches juridiques. Claire travaille souvent tard dans la nuit, essayant de rassembler toutes les pièces du puzzle. Elle passait moins de temps avec Antoine, mais il restait son soutien indéfectible, toujours prêt à l'écouter et à l'encourager.

Un soir, alors qu'elle rentrait épuisée, elle trouva Antoine en train de l'attendre avec un dîner chaud et un bain préparé pour elle. « Tu es mon héroïne, Claire, » lui dit-il en l'embrassant doucement. « Je suis tellement fier de toi. »

Claire sentit les larmes monter à ses yeux. « Merci, Antoine. Tu n'imagines pas à quel point ton soutien m'est précieux. »

Pendant que Claire se battait contre la corruption, Antoine faisait face à ses propres défis dans le monde du théâtre. Le rôle principal qu'il avait décroché demandait une préparation intense. Les répétitions étaient éprouvantes, et il devait constamment prouver sa valeur face à un metteur en scène exigeant et des co-acteurs parfois jaloux.

Un jour, après une répétition particulièrement difficile, Antoine se confie à Claire. « Parfois, je me demande si j'en suis vraiment capable. Le metteur en scène n'est jamais satisfait, et je sens la pression de tous les côtés. »

Claire le prit dans ses bras, lui offrant tout son soutien. « Tu es un acteur incroyable, Antoine. Tu as surmonté tellement de défis pour en arriver là. N'oublie jamais pourquoi tu fais cela. »

Antoine trouva du réconfort dans les paroles de Claire. Sa passion pour le théâtre était son moteur, et il savait que, malgré les difficultés, il devait persévérer.

Pour alléger la tension, Antoine décide d'organiser un dîner avec quelques amis proches et collègues de Claire. Il espérait que cette soirée apporterait une bouffée d'air frais à Claire et renforcerait leur réseau de soutien.

La soirée fut un succès. Antoine s'occupa de tout, préparant un festin digne d'un grand chef. Claire, bien que fatiguée, se laissa aller à la convivialité et à la bonne humeur de la soirée. Les rires et les discussions animées remplissent leur appartement, et Claire se sent revigorée par la chaleur humaine et le soutien de ses amis.

À la fin de la soirée, alors que les invités partaient, Claire se tourna vers Antoine, un sourire reconnaissant sur les lèvres. « Merci pour cette soirée,

Antoine. J'avais besoin de cela plus que je ne le pensais. »

Antoine la serra dans ses bras. « Tout pour toi, Claire. Toujours. »

Malgré leurs efforts pour équilibrer leurs vies professionnelles et personnelles, une nouvelle épreuve se présenta à eux. Le procès de Claire a pris une tournure inattendue. Les preuves qu'elle avait accumulées étaient solides, mais les avocats adverses jouaient des coups bas, essayant de discréditer les témoins et de semer le doute.

Claire, épuisée mais déterminée, se battait avec acharnement.

Elle savait que l'issue de ce procès pourrait avoir des répercussions importantes non seulement pour sa carrière, mais aussi pour sa vie personnelle. Antoine, voyant l'épuisement de Claire, décide de prendre une décision importante.

Un matin, alors que Claire se préparait pour une journée de plaidoirie, Antoine lui annonça qu'il avait pris une semaine de congé pour rester à ses côtés. « Tu as besoin de tout le soutien possible en ce moment, » dit-il. « Je veux être là pour toi, chaque étape du chemin. »

Claire, touchée par son geste, sentit les larmes monter à ses yeux. « Antoine, tu n'avais pas à faire ça. Ton travail est aussi important. »

Antoine sourit et prit ses mains dans les siennes. « Rien n'est plus important que toi, Claire. Nous traverserons cette épreuve ensemble. »

Le jour du verdict arriva enfin. Claire, nerveuse mais prête, se tenait devant le tribunal, entourée de ses collègues et soutenue par Antoine. Les semaines de préparation, les nuits blanches, et les sacrifices menaient à ce moment crucial.

Le juge prononça le verdict en faveur de Claire et de son client. La multinationale fut reconnue coupable de corruption, et la victoire de Claire fut saluée comme un triomphe de la justice. La salle du tribunal éclata en applaudissements, et Claire sentit un poids énorme se lever de ses épaules.

Antoine, les yeux brillants de fierté, la prit dans ses bras dès qu'elle sortit de la salle d'audience. « Tu l'as fait, Claire. Tu as remporté la victoire. »

Claire, émue, serra Antoine contre elle. « Nous l'avons fait, Antoine. Ton soutien m'a donné la force dont j'avais besoin. »

Pour célébrer cette victoire, Antoine organisa une soirée spéciale pour Claire. Il réserva une table dans l'un des restaurants les plus élégants de Paris, offrant une vue panoramique sur la ville illuminée. Ils passèrent une soirée inoubliable, savourant des plats délicieux et se remémorant les moments difficiles qu'ils avaient surmontés ensemble.

Au cours du dîner, Antoine prit la main de Claire et la regarda dans les yeux. « Claire, ces derniers mois ont été un véritable tourbillon. Mais chaque défi que nous avons affronté nous a rapprochés. Je suis tellement fier de toi, et je suis reconnaissant de t'avoir dans ma vie. »

Claire, touchée par ses mots, répondit avec émotion. « Antoine, tu es mon pilier. Merci d'être toujours là pour moi. Je t'aime plus que tout. »

Avec le procès derrière eux, Claire et Antoine purent enfin se tourner vers l'avenir avec optimisme. Claire reçut une promotion bien méritée, devenant associée dans son cabinet d'avocats. Antoine, quant à lui, continue de briller sur scène, son talent reconnu par un public de plus en plus large.

Ils commencèrent à parler de leurs projets futurs, envisageant des voyages, des collaborations artistiques et, peut-être, une vie ensemble plus permanente. L'amour et le soutien mutuel qu'ils partageaient étaient la fondation solide sur laquelle ils bâtissaient leur avenir.

Un soir, alors qu'ils se promenaient le long de la Seine, Antoine s'arrêta et regarda Claire avec une intensité nouvelle. « Claire, ces derniers mois

Chapitre 4 : Nouveaux Défis et Réalisations

Antoine, fort de sa récente reconnaissance, décida de concrétiser un rêve qu'il avait depuis longtemps : fonder sa propre compagnie de théâtre. Il partagea cette idée avec Claire, qui l'encouragea à poursuivre son ambition avec tout son cœur.

« Tu as le talent, Antoine. Et avec une compagnie à toi, tu pourras choisir les pièces qui te passionnent le plus et donner une chance à de nouveaux talents, » dit-elle, les yeux brillants d'enthousiasme.

Antoine se lança dans la recherche de partenaires, de financements, et d'un espace où établir sa compagnie. Il passe des jours à rencontrer des producteurs, des investisseurs et d'autres artistes, tout en continuant ses performances. Claire l'aidait autant qu'elle le pouvait, utilisant ses compétences en droit pour examiner les contrats et les accords potentiels.

Alors qu'Antoine avançait dans son projet, une ombre du passé refait surface. Damien, bien que discrédité, n'avait pas abandonné ses ambitions et son ressentiment envers Antoine. Il commença à interférer subtilement avec les négociations d'Antoine, répandant des rumeurs et sapant la confiance des investisseurs.

Antoine se rendit compte de la situation lorsqu'un investisseur clé se retira soudainement du projet. Furieux, il confronte Damien lors d'une soirée théâtrale.

« Pourquoi tu fais ça, Damien ? Qu'est-ce que tu gagnes à saboter les efforts ? » demanda

Antoine, le regard brûlant de colère.

Damien, un sourire narquois aux lèvres, répondit : « Tu crois vraiment que tu peux réussir là où j'ai échoué ? Je ne te laisserai pas prendre ce qui me revient de droit. »

Antoine serra les poings, mais il savait que céder à la colère ne ferait qu'aggraver la situation. Il se résolut à prendre des mesures légales pour contrer les machinations de Damien, avec l'aide de Claire.

Claire plongea dans une enquête approfondie sur Damien, cherchant des preuves solides de ses manœuvres malveillantes. Elle passe des nuits à analyser des documents, à contacter des témoins et à rassembler toutes les pièces du puzzle.

Ses recherches révélèrent des faits troublants : Damien avait non seulement saboté les efforts d'Antoine, mais il avait également des antécédents de pratiques illégales dans ses précédents projets. Claire prépare un dossier complet, prêt à être présenté en justice.

Cependant, elle savait que cette bataille ne serait pas facile. Damien avait des alliés puissants et une capacité à manipuler les situations en sa faveur. Claire et Antoine se préparent à une confrontation intense et prolongée.

Pendant ce temps, la compagnie de théâtre d'Antoine commençait à prendre forme, malgré les obstacles. Il trouva des partenaires fidèles et des talents prometteurs prêts à se joindre à lui. Ils organisèrent une première représentation pour lever des fonds, choisissant une pièce audacieuse qui résonnait profondément avec leur vision artistique.

La soirée de la première représentation arriva enfin. Le théâtre était rempli de spectateurs, d'investisseurs potentiels et de critiques.

Antoine, malgré la pression, livra une performance époustouflante, capturant l'essence de son personnage avec une intensité et une authenticité rares.

À la fin de la soirée, les applaudissements fusèrent. Les critiques furent élogieuses, et plusieurs investisseurs exprimèrent leur intérêt pour la compagnie. Antoine et ses partenaires célébrèrent cette première victoire, sentant que leur rêve devenait réalité.

Claire, forte des preuves qu'elle avait accumulées, initia des actions légales contre Damien. Le procès fut médiatisé, attirant l'attention du public et du monde du théâtre. Les révélations sur les pratiques douteuses de Damien causèrent un scandale, ternissant sa réputation encore davantage.

Le procès fut long et éprouvant. Damien, utilisant tous les moyens à sa disposition, tenta de discréditer Claire et Antoine. Les témoins furent intimidés, des preuves furent contestées, et des rumeurs malveillantes circulèrent dans les médias.

Cependant, Claire, avec sa détermination inébranlable et son expertise juridique, réussit à contrer chaque attaque. Antoine, soutenu par ses collègues et amis, témoigna avec éloquence sur les interférences de Damien et l'impact sur son projet.

Après des semaines de délibérations, le jugement fut enfin prononcé. Damien fut reconnu coupable de diffamation, d'entrave aux affaires et de diverses pratiques illégales. Il est condamné à une amende substantielle et interdit de toute activité liée au théâtre pendant plusieurs années.

Antoine et Claire, épuisés mais victorieux, célébrèrent cette décision. Le soutien et la détermination de Claire ont été essentiels pour remporter cette bataille. Leur relation, déjà solide, se renforça encore davantage à travers cette épreuve.

Avec Damien hors-jeu, Antoine put se concentrer pleinement sur sa compagnie de théâtre. Les investisseurs, rassurés par le verdict, apportèrent leur soutien financier. Antoine et son équipe purent agrandir leur répertoire, explorant de nouvelles pièces et attirant un public de plus en plus large.

Claire, bien que toujours occupée par son travail d'avocate, continue d'offrir son soutien à Antoine. Ils trouvèrent un équilibre entre leurs carrières exigeantes et leur vie personnelle, s'assurant de prendre du temps l'un pour l'autre.

Un soir, après une représentation particulièrement réussie, Antoine surprend Claire avec une proposition inattendue. « Claire, tu as été mon pilier, mon inspiration, et mon amour. Veux-tu devenir ma partenaire officielle, non seulement dans la vie, mais aussi dans la compagnie ? J'aimerais que nous travaillions ensemble pour créer quelque chose de grand. »

Claire, émue et touchée, accepta avec joie. Ils décidèrent de combiner leurs talents et leurs ressources pour faire de la compagnie de théâtre un projet commun, renforçant ainsi leur lien et leur engagement mutuel.

Avec Claire à ses côtés, Antoine entreprend des projets encore plus ambitieux. Ils organisèrent des festivals de théâtre, invitant des troupes du monde entier et offrant une plateforme aux jeunes talents. Claire utilisa ses compétences juridiques pour structurer les contrats et les accords, assurant une gestion fluide et professionnelle de la compagnie.

Ils voyagèrent ensemble, explorant de nouvelles cultures et traditions théâtrales. Chaque voyage enrichissait leur vision artistique et leur apportait de nouvelles idées pour leur compagnie. Leur amour pour le théâtre et leur dévouement mutuel les guidaient à chaque étape.

Alors que tout semblait aller pour le mieux, une nouvelle épreuve se profila à l'horizon. Claire reçut une proposition d'un prestigieux cabinet d'avocats à Londres. Cette opportunité représentait une avancée significative dans sa carrière, mais elle impliquait de déménager et de vivre loin d'Antoine.

Ils discutèrent longuement de cette proposition. Claire était tiraillée entre son ambition professionnelle et son amour pour Antoine. De son côté,

Antoine comprenait l'importance de cette opportunité pour Claire, mais il ne voulait pas perdre leur proximité.

Un soir, après une intense discussion, Claire prit une décision. « Antoine, cette offre est importante pour moi, mais notre relation l'est encore plus. Je ne veux pas nous perdre. »

Antoine, touché par sa déclaration, répondit : « Claire, je veux que tu poursuives tes rêves. Nous trouverons un moyen de faire fonctionner notre relation, peu importe la distance. »

Claire accepta l'offre et déménagea à Londres. Ils

décidèrent de maintenir leur relation à distance, se promettant de se voir aussi souvent que possible. Les semaines suivantes furent marquées par des appels vidéo, des messages et des voyages réguliers entre Paris et Londres.

Cette période fut difficile pour eux deux. Ils devaient jongler avec leurs horaires chargés et les contraintes de la distance. Cependant, leur amour et leur détermination les aidèrent à surmonter ces défis.

Antoine, malgré la distance, continue de soutenir Claire. Il assistait à ses conférences et à ses présentations à Londres, l'encourageant à chaque étape.

Claire, de son côté, se rendait à Paris dès qu'elle le pouvait, participant activement aux projets de la compagnie de théâtre.

Après plusieurs mois de relation à distance, Claire et Antoine prennent une décision importante. Ils réalisèrent que, malgré les défis, leur amour était assez fort pour surmonter n'importe quel obstacle. Claire proposa à Antoine de venir s'installer à Londres, où ils pourraient commencer une nouvelle vie ensemble tout en poursuivant leurs rêves respectifs.

Antoine accepta avec enthousiasme. Ils trouvèrent un

appartement dans un quartier animé de Londres, alliant le charme de la ville à leur besoin de créativité et de dynamisme. Antoine établit une branche de sa compagnie de théâtre à Londres, attirant un nouveau public et collaborant avec des artistes locaux.

Chapitre 5 : Nouveaux Défis et Épanouissement

Avec leur nouvelle vie à Londres, Claire et Antoine trouvent un équilibre entre leurs carrières exigeantes et leur vie personnelle enrichie. Ils explorèrent ensemble les rues animées de Londres, découvrant de nouveaux théâtres, galeries d'art et restaurants branchés.

Antoine s'impliqua activement dans la scène théâtrale locale, apportant sa passion et son expertise à la communauté artistique de Londres. Sa compagnie de théâtre devint rapidement un pilier de la scène culturelle londonienne, attirant un public diversifié et collaborant avec des artistes du monde entier.

Claire, de son côté, se distingue dans son nouveau cabinet d'avocats. Elle fut rapidement promue à un poste de direction, utilisant ses compétences pour résoudre des affaires internationales complexes et représentant des clients influents à travers l'Europe.

Malgré leurs horaires chargés, Claire et Antoine trouvent toujours du temps pour soutenir et encourager leurs projets respectifs. Antoine assistait fièrement aux audiences de Claire, admirant son éloquence et sa détermination dans la salle d'audience. Claire, à son tour, était une spectatrice assidue des productions d'Antoine, émue par son talent et son engagement sur scène.

Ils commencèrent à planifier des projets communs, envisageant des collaborations entre leur compagnie de théâtre et les affaires juridiques de Claire. Ensemble, ils organisaient des événements bénéfiques, utilisant leur influence et leurs réseaux pour promouvoir des causes qui leur tenaient à cœur.

Malgré leur amour profond, la vie quotidienne à Londres leur réservait parfois des défis inattendus. Ils devaient jongler avec les différences culturelles, les longues heures de travail et les attentes professionnelles élevées. Cependant, chaque défi renforçait leur relation, leur apprenant à se soutenir mutuellement à travers les hauts et les bas de la vie.

Parfois, Antoine préparait des repas français pour Claire, ramenant un peu de Paris dans leur quotidien londonien. Claire organisait des soirées détendues après des journées stressantes, créant un espace où ils pouvaient simplement être ensemble, sans les pressions de leurs carrières.

Ils continuèrent à explorer le monde ensemble, profitant des pauses entre leurs engagements professionnels pour voyager et découvrir de nouvelles cultures. Ils visitèrent des capitales européennes historiques, des plages exotiques et des retraites de montagne isolées, trouvant l'inspiration et la relaxation dans chaque nouvelle destination.

Ces voyages renforçaient leur complicité et leur amour, leur offrant des moments précieux loin du tumulte de la vie quotidienne. Ils s'aventurent dans des musées et des galeries, discutant d'art, de littérature et de théâtre, partageant leur passion pour la créativité et l'expression artistique.

Avec le temps, Antoine et Claire commencèrent à discuter de leur avenir ensemble. Ils évoquèrent la possibilité de fonder une famille, partageant leurs rêves d'élever des enfants dans un environnement enrichi par l'art et la culture. Bien que leurs carrières restent une priorité, ils savaient que leur amour était prêt à franchir cette nouvelle étape.

Ils firent des plans pour l'avenir, envisageant une maison où leurs enfants pourraient grandir entourés de théâtre, de livres et de musique. Antoine rêvait d'enseigner à leurs enfants l'art de la scène, tandis que Claire se voyait lire des histoires à leurs enfants, partageant son amour pour les mots et les récits.

Un soir d'été à Hyde Park, Antoine prit Claire par la main et la conduisit à un endroit isolé près d'un étang tranquille. Le coucher de soleil baignait le parc dans une lumière dorée, créant une atmosphère magique et intime.

« Claire, depuis le jour où je t'ai rencontrée dans ce café à Paris, ma vie a changé de manière inimaginable. Tu as été mon soutien, mon inspiration et mon amour. Je ne peux pas imaginer ma vie sans toi. »

Claire sentit son cœur battre plus fort alors qu'Antoine s'agenouillait devant elle, sortant une petite boîte de sa poche. « Claire, veux-tu m'épouser et partager chaque moment de notre vie ensemble, dans les joies comme dans les défis ? »

Les larmes aux yeux, Claire hocha la tête avec émotion. « Oui, Antoine, oui ! »

Ils organisèrent une célébration intime avec leurs amis proches et leur famille, réunissant leurs deux mondes pour célébrer leur amour et leur engagement. La cérémonie fut empreinte de musique, de rires et de moments émouvants alors qu'ils échangeaient leurs vœux devant leurs proches.

Claire porta une robe élégante tandis qu'Antoine était resplendissant dans un costume fait sur mesure. Ils dansèrent sous les étoiles, entourés de l'amour et du soutien de ceux qui leur étaient chers, sachant qu'ils avaient trouvé leur bonheur l'un dans l'autre.

Avec leur mariage, Antoine et Claire commencèrent un nouveau chapitre de leur vie ensemble, rempli de promesses et d'opportunités. Ils continuèrent à s'épanouir dans leurs carrières respectives tout en construisant leur famille et en créant des souvenirs précieux.

Antoine poursuit ses ambitions artistiques, développant sa compagnie de théâtre à Londres et au-delà. Claire devint une avocate respectée et influente, utilisant son expertise pour promouvoir la justice et les droits des individus.

Ensemble, ils inspirèrent ceux qui les entouraient par leur dévouement mutuel, leur passion pour l'art et leur amour inconditionnel. Leur voyage était loin d'être terminé, mais ils savaient qu'avec leur amour comme guide, ils étaient prêts à affronter tous les défis et à savourer chaque triomphe.

Ainsi, Antoine et Claire, à travers leurs épreuves et leurs victoires, leurs défis et leurs joies, découvrirent le véritable sens de l'amour et de l'engagement. Leurs parcours professionnels et personnels s'entrelacent harmonieusement, chacun enrichissant et soutenant l'autre dans leur quête de bonheur et d'accomplissement.

Leur histoire était une célébration de la résilience, de la passion et de la détermination à suivre leurs rêves tout en cultivant un amour profond et durable. Antoine et Claire savaient qu'avec leur amour comme fondation, ils pourraient affronter l'avenir avec confiance et optimisme.

Chapitre 6 : Les Défis de la Réussite

Après leur mariage, la vie d'Antoine et de Claire prit un tournant encore plus dynamique. Leur amour était fort, mais ils devaient maintenant jongler avec les exigences croissantes de leurs carrières et de leur vie personnelle. Antoine continuait à développer sa compagnie de théâtre à Londres, tandis que Claire poursuivait ses succès en tant qu'avocate influente.

L'expansion de la compagnie de théâtre d'Antoine apporta de nouveaux défis. Ils ouvrirent une deuxième salle à Londres, attirant un public plus large et diversifié. Antoine se trouvait souvent à jongler entre les répétitions, les réunions avec les investisseurs et les performances nocturnes. Claire, de son côté, gravissait les échelons de son cabinet, gérant des cas complexes et représentant des clients internationaux.

Avec leur succès grandissant venaient également les pressions et les attentes accrues. Antoine se trouvait parfois submergé par le stress de diriger une compagnie en expansion, jonglant avec les aspects artistiques, financiers et logistiques de son entreprise. Claire, bien que passionnée par son travail, ressentait parfois le poids des responsabilités de plus en plus lourdes qui accompagnaient son poste.

Leur vie quotidienne était ponctuée de réunions, de déplacements fréquents et de nuits tardives. Ils se retrouvaient souvent épuisés, mais leur amour et leur soutien mutuel les aidaient à traverser les périodes difficiles. Ils savaient que chaque défi était une opportunité de croître ct de renforcer leur relation.

Malgré leurs horaires chargés, Antoine et Claire trouvent toujours le temps de s'engager dans des projets communautaires et philanthropiques. Ils organisaient des événements de collecte de fonds pour des organisations artistiques locales, offrant des opportunités aux jeunes talents et soutenant les arts dans les quartiers défavorisés de Londres.

Leur passion pour l'art et la justice sociale les unissait dans leurs efforts pour créer un impact positif dans leur communauté. Ils invitent souvent des jeunes à assister aux répétitions de la compagnie de théâtre, offrant des ateliers et des programmes éducatifs pour inspirer la prochaine génération d'artistes.

En dépit de leur succès professionnel, Antoine et Claire faisaient face à des défis personnels. Antoine se sentait parfois dépassé par la pression constante de diriger une compagnie, et il lutta avec des périodes d'inspiration limitée pour ses nouvelles créations. Claire, quant à elle, faisait face à des dilemmes éthiques complexes dans sa pratique juridique, souvent confrontée à des décisions difficiles qui mettaient à l'épreuve ses valeurs personnelles et professionnelles.

Ils se soutenaient mutuellement à travers ces défis, trouvant des moments de calme et de réflexion dans les soirées passées ensemble. Antoine encourageait Claire à trouver l'équilibre entre ses aspirations professionnelles et son bien-être personnel, tandis que Claire apportait son soutien inconditionnel à Antoine dans ses moments de doute et d'incertitude artistique.

Avec le temps, Antoine commença à explorer de nouveaux horizons artistiques. Inspiré par les voyages et les expériences partagées avec Claire, il décida d'élargir le répertoire de sa compagnie de théâtre pour inclure des pièces internationales et des collaborations transfrontalières. Cette décision stimula la créativité de son équipe et attire un public encore plus diversifié.

Claire, impressionnée par la vision audacieuse d'Antoine, l'aide à naviguer à travers les défis logistiques et juridiques associés à ces nouvelles entreprises. Elle négocia des contrats internationaux, s'assurant que chaque collaboration était mutuellement bénéfique et conforme aux normes éthiques élevées de la compagnie.

En tant que directeur artistique, Antoine devait également faire face aux défis du leadership. Il apprit à diriger une équipe diversifiée, à gérer les conflits créatifs et à inspirer ses acteurs et ses collaborateurs à atteindre de nouveaux sommets artistiques. Claire l'aidait à développer des stratégies de gestion efficaces, lui offrant des conseils et un soutien précieux tout au long du processus.

Malgré les défis, Antoine trouva une profonde satisfaction dans le fait de voir sa compagnie de théâtre prospérer et évoluer. Chaque nouvelle production était une célébration de la créativité et de la collaboration, renforçant son engagement envers l'art et la culture.

Antoine et Claire continuèrent à explorer le monde ensemble, profitant des pauses entre leurs engagements professionnels pour voyager et découvrir de nouvelles cultures. Ils visitèrent des théâtres historiques en Europe, assistèrent à des festivals de renommée mondiale et s'aventurèrent dans des retraites artistiques isolées.

Ces voyages enrichissent leur perspective artistique et renforcent leur lien mutuel. Ils partageaient des moments magiques, discutant d'art, de littérature et de théâtre, trouvant l'inspiration dans chaque nouvelle destination. Chaque voyage était une opportunité de se ressourcer et de nourrir leur amour pour l'exploration et la découverte.

Avec le temps, Antoine et Claire commencent à envisager sérieusement la fondation d'une famille. Ils discutèrent de leurs rêves d'élever des enfants dans un environnement imprégné d'art, de culture et de valeurs partagées. Cependant, leurs carrières exigeantes et leurs engagements professionnels les amenaient parfois à repousser cette décision importante.

Ils cherchaient un équilibre entre leurs aspirations personnelles et leur désir de fonder une famille. Antoine rêvait de transmettre son amour pour le théâtre à leurs enfants, tandis que Claire envisageait d'inculquer à ses enfants le respect de la justice et des droits humains. Ils savaient que ce serait une étape majeure dans leur voyage ensemble, mais ils voulaient être prêts à offrir à leurs enfants le meilleur départ possible dans la vie.

À mesure qu'ils avançaient dans leur voyage ensemble, Antoine et Claire prenaient le temps de réfléchir sur leur parcours et sur les défis à venir. Ils rêvaient de créer un héritage durable, non seulement à travers leurs réalisations professionnelles, mais aussi à travers les valeurs et les principes qu'ils transmettraient aux générations futures.

Antoine envisage l'avenir de sa compagnie de théâtre, explorant de nouvelles formes d'expression artistique et élargissant son influence à l'échelle mondiale. Claire, quant à elle, se voyait continuer à défendre les droits de l'homme et à promouvoir la justice sociale, utilisant son expertise pour faire une différence positive dans le monde.

Finalement, Antoine et Claire prirent la décision de fonder une famille. Ils commencèrent à chercher une maison à Londres, un lieu où leurs enfants pourraient grandir entourés d'art, de livres et de musique. Antoine rêvait d'un théâtre à domicile où ils pourraient jouer ensemble et nourrir leur amour pour les arts de la scène.

Claire, tout en poursuivant sa carrière juridique, envisageait de trouver un équilibre entre son travail exigeant et sa vie de famille. Elle savait que cela impliquerait des compromis et des ajustements, mais elle était prête à faire tout ce qui était nécessaire pour créer

un foyer chaleureux et aimant pour leur future famille.

Antoine et Claire firent des plans pour l'avenir, anticipant avec excitation les défis et les bénédictions que la parentalité apporterait à leur vie.

© 2024 Tristan Basque
Édition : BoD · Books on Demand,
31 avenue Saint-Rémy, 57600 Forbach,
bod@bod.fr
Impression : Libri Plureos GmbH,
Friedensallee 273, 22763 Hamburg
(Allemagne)
ISBN : 978-2-3225-6195-7
Dépôt légal : Mars 2025